Aleksandr Mikhaïlovich Butlerov

Sur les Proprietes de L'acide Trimethylacetique et sur SES derives

Antigonos

Aleksandr Mikhaïlovich Butlerov

Sur les Proprietes de L'acide Trimethylacetique et sur SES derives

Réimpression inchangée de l'édition originale de 1874.

1ère édition 2024 | ISBN: 978-3-38634-556-9

Antigonos Verlag est une marque de Outlook Verlagsgesellschaft mbH.

Verlag (Éditeur): Outlook Verlag GmbH, Zeilweg 44, 60439 Frankfurt, Deutschland, info@outlook-verlag.de
Vertretungsberechtigt (Représentant autorisé): E. Roepke, Zeilweg 44, 60439 Frankfurt, Deutschland
Druck (Imprimerie): Libri Plureos GmbH, Friedensallee 273, 22763 Hamburg, Deutschland

MÉMOIRES

DE
L'ACADÉMIE IMPÉRIALE DES SCIENCES DE ST.-PÉTERSBOURG, VIIe SÉRIE.
TOME XXI, N° 7.

SUR LES PROPRIÉTÉS

DE

L'ACIDE TRIMÉTHYLACÉTIQUE

ET SUR

SES DÉRIVÉS.

PAR

M. A. Boutlerow.

(*Lu le 9 avril 1874.*)

St.-PÉTERSBOURG, 1874.
Commissionnaires de l'Académie Impériale des sciences:

À St.-Pétersbourg:	À Riga:	À Odessa:	À Leipzig:
MM. Eggers et Cie, H. Schmitzdorff, J. Issakof et Tcherkessof;	M. N. Kymmel;	M. A. E. Kechribardshi;	M. Léopold Voss.

Prix: 25 Kop. = 8 Ngr.

Imprimé par ordre de l'Académie Impériale des sciences.

Mai 1874.

C. Vessélofski, Secrétaire perpétuel.

Imprimerie de l'Académie Impériale des sciences.
(Vass.-Ostr., 9 ligne, № 12.)

J'ai cru nécessaire de faire l'étude détaillée de l'acide triméthylacétique et de ses dérivés principaux — d'abord, parce que cet acide est le premier représentant et le terme le plus simple de la série des acides gras volatiles renfermant le radical alcoolique tertiaire, et ensuite aussi — parce que j'ai voulu trancher définitivement la question sur l'identité ou l'isomérie de cet acide avec celui qui se produit par l'oxydation de la pinacoline (acide *pivalique* de M. Friedel).

J'ai employé plus de 2 kilogrammes de iodure butylique tertiaire pour la préparation de l'acide triméthylacétique et j'en ai obtenu environ 250 grammes.

Ensemble avec la quantité de ce même acide préparé auparavant, j'ai eu à ma disposition près de 350 gr. de substance. Une portion notable de l'acide a été convertie en sel de magnésium, et la décomposition du sel purifié par la cristallisation m'a fourni un échantillon pur, qui, après avoir été desséché par de l'anhydride phosphorique et distillé, m'a servi à l'étude des propriétés de l'acide triméthylacétique libre. Pour comparer mon acide à celui de M. Friedel j'ai pu me servir non-seulement de données expérimentales déjà publiées par cet habile chimiste, mais aussi de celles que M. Friedel a bien voulu me communiquer par écrit. Je vais citer ses observations plus bas. Grâce à un des élèves de mon laboratoire, M. Kaschirsky, j'ai eu aussi l'occasion de comparer directement l'acide pivalique à l'acide triméthylacétique. M. Kaschirsky, auquel je dois mes remerciments, a préparé et mis à ma disposition une certaine quantité de pinacoline, que j'ai soumise à l'oxydation. Cette oxydation a été effectuée au moyen d'un mélange assez concentré du bichromate de potasse, de l'acide sulfurique et de l'eau. Après avoir été chauffé longtemps au bain-marie, le mélange a été distillé, et le liquide recueilli dans le récipient, étant saturé par de la potasse et évaporé à sec, a fourni un sel qu'on a décomposé par de l'acide sulfurique. L'acide brut ainsi obtenu était très fusible. Pour le purifier on l'a converti par précipitation en sel de zinc, et c'est la décomposition de ce sel qui a donné de l'acide solide assez pur.

L'acide triméthylacétique pur et sec, obtenu au moyen du sel de magnesium, a offert à la distillation un point d'ébullition constant: il passait en plus grande partie à $163°7$— $163°8$ sous la pression normale de 760 mm., toute la colonne mercurielle du thermomètre étant plongé dans la vapeur. Deux thermomètres Geissler (de Bonn) m'ont donné des indications concordantes. Le point de fusion et de solidification de l'acide a été trouvé à +- 35°,3 — 35°,5. L'acide pur se transforme, en se solidifiant, en une masse cristalline qui ne renferme rien de liquide, tandis que la substance moins pure présente ordinairement une masse solide imbibée d'une certaine quantité d'un liquide incolore. Étant fondu, l'acide présente une huile incolore limpide, et lorsque cette huile commence à se prendre en masse on peut suivre assez bien la marche de la cristallisation. On voit alors des lamelles cristallines anguleuses apparaître sur les parois du vase; ces lamelles se composent de petites aiguilles reparties sous un angle droit sur les deux côtés opposés d'un axe commun. Lorsque la plus grande partie de la substance s'est déjà solidifiée, tandis qu'une certaine quantité reste encore liquide, on voit des bulles gazeuses apparaître en grande quantité au sein de la substance; en même temps la solidification suit sa marche et une partie des bulles reste ordinairement enfermée dans la masse de la substance, en soulevant sa surface déjà solidifiée. Je n'ai pas déterminé la nature du gaz en question, mais comme l'acide ne subit aucun changement chimique, lorsqu'on le fait fondre à plusieurs reprises, on est amené à penser que ce gaz est de l'air atmosphérique ou bien une de ses parties constituantes. Il paraît que l'acide, lorsqu'il se trouve à l'état liquide, possède la propriété d'absorber une quantité notable de ce gaz et de le dégager en se solidifiant. Lorsque presque la totalité de l'acide s'est convertie, en se solidifiant, en une masse semi-transparente, des points blancs paraissent dans certains endroits de cette masse et se multiplient rapidement en formant des lignes ramifiées et des plans qui traversent la substance dans de différentes directions en diminuant sa semi-transparence. Ce phénomène est aussi dû en partie au dégagement des restes de gaz, dont les bulles extrêmement petites fendent, pour ainsi dire, la masse solidifiée, tandis que la contraction que la substance subit par le refroidissement concours en même temps à la production du phénomène. En mettant entre deux verres une couche mince de l'acide triméthylacétique fondu et en la faisant refroidir sous le microscope, on peut aussi observer l'apparition de la structure cristalline et le dégagement des bulles gazeuses qui a lieu bientôt après. L'acide triméthylacétique une fois solidifié reste semi-transparente à la température ordinaire, tout en présentant dans sa masse quelques endroits blancs, mais si on le fait refroidir jusqu'environ à 0° on voit un nouveau changement se produire dans toute la masse: des taches blanches et opaques aparaissent par-ci et par-là; elles grandissent de plus en plus et toute la masse de substance change d'aspect en devenant opaque et blanche comme la neige. Cette masse paraît alors être composée d'aiguilles soyeuses partant de différents centres communs. Ce phénomène peut aussi être observé dans des couches minces sous le microscope, et l'on voit clairement que la structure de la masse solide subit un changement total. M. Eroféew, prof. de l'Université de St-Pétersbourg, qui a eu l'obligeance d'essayer l'étude des propriétés cristallogéniques de l'acide triméthylacétique, n'a pas réussi à obtenir des formes cristallines déterminées, mais l'absence de l'action sur la lumière polarisée lui a bien prouvé que les cristaux de l'acide triméthylacétique, dans l'un comme dans l'autre de ses deux états solides qui viennent d'être décrits, appartiennent au système régulier. On sait, que M. Friedel a trouvé aussi que son acide solide n'agit pas sur la lumière polarisée. Cet acide cristallise, d'après lui, en octaèdres réguliers groupés en dendrites. Une fois converti par l'action du froid en masse blanche et opaque, l'acide triméthylacétique conserve cet état pendant longtemps et ne se transforme que très lentement en état semi-transparent. Lorsqu'on conserve longtemps l'acide à la température ordinaire, il acquiert peu à peu une transparence plus grande, probablement par l'effet des changements qui surviennent dans la température, et paraît alors amorphe. Cependant cette masse vitreuse se divise, lorsqu'on la casse, en grands morceaux anguleux, dont les surfaces semblent présenter des faces des cristaux qui, étant juxtaposés, composent la masse transparente.

La densité de l'acide triméthylacétique liquide a été trouvée $= 0,905$ à $+ 50°$; son coefficient de dilatation pour $1°$ est $= 0,00112$ entre $+ 50$ et $+ 75°$ et $= 0,00120$ entre $+ 75°$ et $+ 100°$. En admettant le premier de ces deux coefficients pour les températures inférieures à $+ 50°$ on obtient en calculant 0,944 pour la densité de l'acide supposé liquide à $0°$.

Ces nombres se déduisent des pesées suivantes.

Poids de l'eau à $+ 50° = 11,8050$ gr. — Poids de ce même volume de l'acide à $+ 50°$ $= 10,6845$ gr.

Poids de l'acide renfermé dans le même appareil à $+ 75° = 10,3990$ gr. ou bien, correction faite pour la dilatation de verre $= 10,3925$ gr.

Poids de l'acide à $+ 100° = 10,1025$ gr.; corrigé $= 10,0889$ gr.

L'acide, obtenu par l'oxydation de la pinacoline et purifié au moyen de la transformation en sel de zinc, possédait les mêmes propriétés que l'acide triméthylacétique préparé par la voie de synthèse: son aspect ainsi que touts les phénomènes qui accompagnent la solidification étaient les mêmes; son point d'ébullition était situé à $163°,5$ ($163°$ d'après M. Friedel), tandis que le point de fusion se trouvait environ à $+ 33°$. M. Friedel a trouvé $+ 29° — 30°$ comme point de fusion de son acide et n'a pas pu l'élever audessus de cette température au moyen des fusions fractionnées. On voit que la méthode de purification par le sel de zinc a amené une élévation du point de fusion assez notable (de $3°$) et m'a permis de rapprocher considérablement ce point à celui de l'acide triméthylacétique absolument pur. N'ayant qu'assez peu de substance à ma disposition et vu l'analogie complète des autres caractères, j'ai cru pouvoir renoncer à une purification plus parfaite. Je me suis convaincu d'ailleurs que la présence d'une quantité minime de l'acide acétique dans l'acide triméthylacétique abaisse le point de fusion de ce dernier jusqu'à $+ 32°,5$.

Les sels de l'acide triméthylacétique sont presque tous plus ou moins solubles dans l'eau ou dans l'alcool. Sauf quelques rares exceptions (composé acide de potassium) l'eau ne les mouille que difficilement. Plusieurs d'entre eux perdent en partie l'acide, lorsqu'on fait bouillir leurs dissolutions. Ce qui est surtout caractéristique, c'est l'existence des combinaisons salines particulières acides avec le potassium, le sodium et le plomb. Ces combinaisons, quoique facilement décomposables, possèdent une composition définie.

En donnant la description, qui va suivre, des triméthylacétates, je vais mentionner aussi les sels, que j'ai déjà décrits précédemment.

Sels de potassium. En saturant peu à peu l'acide triméthylacétique par une solution assez concentrée de carbonate de potassium ou de potasse caustique, on atteint un certain degrés de saturation où le liquide se prend en une bouillie cristalline blanche et épaisse.

Cette bouillie se dissout si l'on chauffe, et la solution se prend par le refroidissement en une masse de fines et longues aiguilles groupées en étoiles. Les cristaux du composé acide ainsi obtenu sont assez flexibles et possèdent une certaine élasticité. Étant exprimée entre des doubles de papier, la substance présente une masse légère de cristaux enchevêtrés. Cette combinaison perd considérablement de son poids, lorsqu'on la laisse séjourner dans l'air sec au-dessus de l'acide sulfurique; à juger d'après l'odeur c'est une partie de l'acide qui s'y dégage. Après quelque temps, le poids de la substance soumise à cette dessication devient constant et le composé correspond alors à la formule $C_5H_9KO_2 + 2\,C_5H_{10}O_2$ ou bien, peut-être, à la formule

$$C_5\,H_9\,KO_2 + C_{10}\,H_{18}\,O_8 = C_5\,H_9 \Big\langle \begin{matrix} O\,.\,K \\ O\,.\,C_5\,H_9\,O \\ O\,.\,C_5\,H_9\,O. \end{matrix}$$

Cette composition se déduit de la quantité de potassium et de la quantité du triméthylacétate neutre qu'on obtient par la saturation du composé acide.

1) 0,2715 gr. du composé acide ont donné 0,0590 gr. de KCl. [1]

2) 0,4205 gr. de la même substance ont fourni 0,0900 gr. de KCl.

En centièmes:

	Expériences:		Théorie:	
	1	2	pour $C_5H_9KO_2$ $+2C_5H_{10}O_2$	pour $C_5H_9KO_2$ $+C_{10}H_{18}O_8$
K =	11,38	11,22	11,36	11,99.

0,1910 gr. du composé acide ont donné 0,2255 gr. du triméthylacétate de potasse neutre, tandis que la théorie exige 0,2065 gr. pour la première — et 0,2179 gr. pour la seconde des deux formules citées plus haut. Quoiqu'il en soit, il est sûr que le composé acide en question se forme aux dépens de 3 molécules d'acide sur 1 at. de métal et non de 2 mol. d'acide sur 1 at. de métal, comme cela a lieu pour l'acide acétique [2]). Le composé acide sec est aisément mouillé par l'eau, qui le dissout à chaud lorsque la quantité d'eau est petite. L'addition d'une plus grande quantité d'eau à cette dissolution décompose la substance; le

---

1) Tous les dosages des métaux ont été faits d'après la méthode de M. Lieben, en évaporant les solutions dans une petite moufle troué.

2) Ce mémoire venait d'être achevé lorsque j'appris que M. Lescoeur vient de préparer des triacétates alcalins analogues. (Comptes rend. 1874. T. 78, p. 1046.)

liquide devient alors trouble et l'acide libre vient surnager à sa surface. A la température de
+100° la substance sèche-se décompose aussi en perdant l'acide peu à peu; si on la chauffe
rapidement elle fond et dégage ensuite de l'acide en se transformant en *trimethylacétate neutre
de potassium*. Ce dernier est beaucoup plus soluble dans l'eau que le composé acide. Si l'on neu-
tralise par de l'alcali la bouillie des cristaux obtenue par le refroidissiment d'une solution du
composé acide, la masse se liquéfie sans qu'on ait besoin de chauffer. L'alcool dissout aussi facilement le triméthylacétate neutre, ce qui donne un moyen commode pour séparer ce sel de
l'excès du carbonate difficile à éviter lorsqu'on prépare le sel par saturation. Le triméthylacétate neutre de potassium ne cristallise que difficilement; au sein de ses solutions concentrées il se dépose à la longue sous la forme de petits cristaux aciculaires transparents.
En évaporant rapidement les solutions, on les voit devenir à peu-près gélatineuses, semblables à de l'empois refroidi de l'amidon, et se dessécher ensuite lentement en une
masse blanche semi-cristalline. Étant chauffé fortement le sel neutre fond en un liquide incolore, qui se prend par le refroidissement en une masse cristalline blanche ressemblante
à de l'acétate de potassium fondu. Le triméthylacétate de potassium attire l'humidité lorsqu'on le laisse à l'air libre.

Les *sels de sodium* ressemblent beaucoup à ceux de potassium, mais sont plus aptes à
cristalliser. Le composé acide, qui est moins soluble, forme de longues aiguilles prisma-
tiques brillantes réunies en faisceaux. Le *triméthylacétate neutre de sodium* se dépose en
longs prismes plats transparents qui s'effleurissent à l'air et dont la composition est représentée par la formule $C_5H_9NaO_2 + 2H_2O$. (Cette même composition a été trouvée
par M. Friedel.) Au-dessus de l'acide sulfurique le sel perd complètement, à la température ordinaire, son eau de cristallisation.

0,2750 gr. du sel cristallisé et desséché un peu (pendant 2—3 heures) au-dessus de
l'acide sulfurique, ont laissé 0,2125 gr. de sel sec au poids constant et ont fourni ensuite
0,1220 gr. de sulfate de sodium.

En centièmes:

	Expériences.	Théorie pour le dégagement de $2H_2O$
$H_2O =$	22,07	22,50
		Théorie pour la formule $C_5H_9NaO_2 + 2H_2O$
$Na =$	14,37	14,37
		Théorie pour la formule $C_5H_9NaO_2$
$Na =$	18,59	18,54

Le *sel d'ammonium* est très soluble; il cristallise par l'évaporation spontanée sous la
forme de feuilles réunies en dendrites et douées d'un éclat nacré. Il se sublime facilement
lorsqu'on le chauffe, en se transformant peut-être partiellement en amide. Un sublimé
extrêmement tendre de fines et longues aiguilles se forme sur les cristaux dé ce sel,

lorsqu'on les conserve dans des flacons bouchés. Un composé ammoniaquale acide ne paraît pas pouvoir se former.

Le *triméthylacétate de baryum* $(C_5 H_9 O_2)_2 Ba + 5 H_2O$, déjà décrit par moi dans une de mes communications précédentes, présente des prismes plats incolores et transparents qui s'effleurissent facilement à l'air sec tout en conservant leur forme. (M. Friedel a trouvé la même composition pour le sel barytique cristallisé.)

Le *triméthylacétate de strontium* $(C_5 H_9 O_2)_2 Sr + 5 H_2O$ forme de longs prismes à éclat soyeux, groupés en étoiles; les cristaux s'effleurissent aisément et tombent en petits morceaux. Ce sel est beaucoup moins soluble que le sel de baryum.

0,1895 gr. de sel cristallisé ont donné 0,0910 gr. de sulfate de strontium.

En centièmes:

	Expérience:	Théorie pour la formule $(C_5 H_9 O_2)_2 Sr + 5 H_2O$
Sr =	22,90	23,05

Le *triméthylacétate de calcium* $(C_5 H_9 O_2)_2 Ca + 5 H_2O$ $[(C_5 H_9 O_2)_2 Ca + 4 H_2O$, d'après M. Friedel] est assez soluble dans l'eau froide et plus soluble à chaud. Il se dépose en prisme réunis en faisceaux et doués d'un éclat soyeux. Une fois formés, les cristaux ne se dissolvent que difficilement lorsqu'on les chauffe au sein des eaux-mères. Cela paraît dépendre de ce que le sel est difficilement mouillé par l'eau et surtout de ce qu'en perdant une partie de l'acide les cristaux se couvrent à la surface d'une couche insoluble. Dans l'air sec au-dessus de l'acide sulfurique, à la température ordinaire, le sel ne perd que $4 H_2O$, c'est ce qui a probablement amené M. Friedel à lui attribuer la formule citée plus haut. La différence des nombres théoriques est en effet peu considérable pour les deux formules: le dégagement de $4 H_2O$ de la molécule $(C_5 H_9 O_2)_2 Ca + 4 H_2O$ correspond à 22,93 %, tandis que le dégagement de cette même quantité d'eau de la molécule $(C_5 H_9 O_2)_2 Ca + 5 H_2O$ correspond à 21,68 %. La dernière (la 5me) molécule d'eau se dégage cependant lorsqu'on chauffe le sel à + 100°. Ces conclusions s'appuient non-seulement sur la perte du poids par la dessication, mais aussi sur le dosage du métal.

1) 0,2850 gr. du sel cristallisé et rapidement desséché ont perdu au-dessus de l'acide sulfurique à la température ordinaire 0,0625 gr. de leur poids.

2) 0,2865 gr. d'un autre échantillon du sel cristallisé ont perdu sous les mêmes conditions 0,0620 gr. de leur poids.

En centièmes:

	Expériences:		Théorie pour le dégagement de $4 H_2O$ de la molécule $(C_5 H_9 O_2)_2 Ca + 5 H_2O$
	1	2	
H_2O =	21,93	21,71	21,68

3) 0,1880 gr. de sel desséché ne perdant plus de son poids à la température ordinaire, étant soumis à la température de 100° pendant quelques jours jusqu'à ce que le poids est devenu de nouveau constant, ont laissé 0,1765 gr. de sel anhydre et ont donné ensuite 0,0995 gr. de sulfate de calcium.

4) 0,2185 gr. de sel desséché à la température ordinaire au-dessus de l'acide sulfurique ont fourni 0,1150 gr. de sulfate de calcium.

5) 0,3165 gr. de sel desséché de la même manière ont donné 0,1695 gr. de sulfate de calcium.

En centièmes:

	Expériences.			Théorie.		
	3	4	5	pour le dégagement de H_2O par la mol. $(C_5H_9O_2)_2Ca + H_2O$	pour la formule $(C_5H_5O_2)_2Ca + H_2O$	pour la formule $(C_5H_9O_2)_2Ca$
$H_2O =$	6,11	—	—	6,92	—	—
$Ca =$	15,56	15,47	15,74	—	15,38	—
$Ca =$	16,57	—	—	—	—	16,52

Étant chauffé fortement, le triméthylacétate de calcium se décompose en produisant un sublimé blanc pareil et probablement identique à celui qu'on obtient avec le sel de magnésium décrit plus bas.

Le *triméthylacétate de magnésium* $(C_5H_9O_2)_2Mg + 8H_2O$ s'obtient facilement en saturant l'acide délayé dans l'eau par de la magnésie calcinée. La solution concentrée et chaude du sel se prend par le refroidissement en une masse de lamelles. Au sein d'une solution moins concentrée le sel se dépose lentement sous la forme de tablettes transparentes très larges mais très minces, qui ressemblent au mica et sont très aptes à se diviser en feuilles. Même les petites quantités de solution fournissent souvent des cristaux de dimensions considérables. Les solutions conservent facilement l'état sursaturé et le plus souvent ne cristallisent que lorsqu'on y jette un morceau du cristal du même sel. Étant chauffé en dissolution, le sel laisse facilement dégager une certaine quantité des son acide et le liquide devient trouble; l'addition d'un peu d'acide lui rend sa limpidité. En chauffant les grands cristaux transparents du sel au sein de leur dissolution concentrée, on les voit devenir aussi troubles et blancs; c'est l'effet du dégagement de l'eau de cristallisation et probablement aussi — d'une certaine proportion d'acide. A l'air sec les cristaux perdent aisément leur eau de cristallisation et deviennent blancs, tandis que dans l'air chargé de vapeurs ils attirent un peu d'eau en devenant humides.

1) 0,4565 gr. de sel cristalisé et désséché rapidement ont perdu au-dessus de l'acide sulfurique à la température ordinaire 0,1840 gr. de leur poids.

2) 0,8855 gr. du même sel desséché avec un peu plus de soin, ont perdu 0,3470 gr. de poids.

3) 0,4395 gr. de sel desséché au-dessus de l'acide sulfurique jusqu'à ce que leur poids dévint constant, étant humectés avec un peu d'acide nitrique et soumis à la calcination, ont donné 0,0775 gr. de magnésie.

4) 0,4780 gr. du même sel ont donné 0,0805 gr. de magnésie.

En centièmes:

	Expériences.			Théorie.	
1.	2.	3.	4.	Pour la formule $(C_5 H_9 O_2)_2 Mg + 8H_2O$	Pour la formule $(C_5 H_9 O_2)_2 Mg$
$H_2O = 40,30$	39,19	—	—	39,92	—
$Mg =$ —	—	10,69	10,01	—	10,52

Je dois mes remerciments sincères à mon collégue, M. Erofeew, qui a bien voulu faire l'étude cristallographique du sel en question et m'a communiqué ce qui suit:

«Les cristaux appartiennent au système rhombique

$$a:b:c = 1:0,9227:2,4974$$

(c — l'axe principal; b — le macro-axe; a = le brachy-axe)».

«Les cristaux présentent des faces des formes suivantes»

	d'après Levy	d'après Müller	d'après Naumann
Basopinacoïde	a	(001)	oP
Macropinacoïde	h^1	(010)	$\infty \bar{P} \infty$
Pyramide	$b\frac{1}{2}$	(111)	P
Brachydôme	e^1	(101)	$\breve{P} \infty$
»	e^3	(201)	$2\breve{P} \infty$

«A la suite du développement considérable des plans du basopinacoïde, les cristaux sont des lames minces. Ils possèdent un clivage très prononcé parallèle à ces faces principales. Les faces des autres formes sont très étroites, et cela empéche de mesurer les angles, excepté ceux qui sont formés par de différents plans avec le plan du basopinacoïde. Le clivage prononcé des cristaux concourt aussi à rendre les mesures difficiles; à la suite de ce clivage les cristaux se divisent ordinairement en feuilles minces, dès qu'on essaie à les coller sur le porte-cristaux du goniomètre».

«A l'aide d'un goniomètre de Mitscherlich à deux lunettes, j'ai pu exécuter la mesure des angles suivants:»

	Mesuré	Calculé
$a : h^1$	90° (environ)	90°
$a : b\frac{1}{2}$	*105°11′	—
$a : e^1$	*111°49′	—
$a : e^3$	101°32′	101°41′.

«Ces nombres présentent le résultat moyen de plusieurs mesures».

«Le caractère rhombique des cristaux est démontré par les valeurs de quelques angles $a : e^3$ mesurés sur un même cristal».

$$a : e^2 \ (001 : 201) = 101°29'$$
$$a : e^2 \ (001 : 20\overline{1}) = 101°28'.$$

«Ce même caractère rhombique s'exprime aussi dans les propriétés optiques des cristaux. En les étudiant dans la lumière polarisée sous le microscope, on voit sur le plan du basopinacoïde deux axes optiques qui n'offrent pas de dispersion des bissectrisses. Ces axes se trouvent dans le plan parallèle au brachypinacoïde».

Lorsqu'on chauffe le triméthylacétate de magnésium dépourvu de son eau de cristallisation, il se décompose totalement à une certaine température en donnant un sublimé cristallin blanc et tendre semblable à du duvet, en même temps il y a dégagement de l'acide carbonique. Ce sublimé se dissout aisément dans l'eau et cristallise lorsqu'on laisse la solution s'évaporer spontanément. La substance en question présente peut-être *l'acétone dibutylique tertiaire* formé en vertu de l'équation suivante.

$$\begin{matrix} C(CH_3)_3 \\ CO\!-\!O \\ CO\!-\!O \\ C(CH_3)_3 \end{matrix} \Big> Mg = \begin{matrix} C(CH_3)_3 \\ CO \\ C(CH_3) \end{matrix} + CO_2 + MgO$$

Le *triméthylacétate de zinc*, déjà mentionné dans ma communication de l'année passée, peut être obtenu cristallisé en larges écailles à éclat nacré.

Lorsque, pour l'obtenir par double décomposition, on mélange des solutions salines concentrées, le sel se précipite presque immédiatement sous la forme d'une poudre blanche cristalline difficilement mouillée par l'eau. Ce précipité desséché à l'air libre à la température ordinaire paraît contenir 1 mol. d'eau et correspondre à la formule $(C_5 H_9 O_2)_2 Zn + H_2 O$. Au-dessus de l'acide sulfurique ce sel serait probablement devenu anhydre (v. plus bas).

0,2995 gr. de sel desséché à l'air libre, étant humecté avec de l'acide nitrique et calciné, ont laissé 0,0850 gr. d'oxyde de zinc:

En centièmes:

	Expérience.	Théorie pour la formule $(C_5 H_9 O_2)_2 Zn + H_2 O$.
Zn =	22,77	22,80

Mélange-t-on, lors de la préparation du sel de zinc par double échange, des solutions étendues des sels, le liquide reste alors limpide au début, mais la cristallisation commence un peu plus tard, et la solution se remplit de larges écailles blanches et brillantes. Lorsqu'on agite le sel précipité avec une quantité considérable d'eau froide, il se décompose en partie en laissant un résidu blanc (probablement du sel basique), tandis qu'une partie plus considérable se dissout. Cette dissolution renferme à + 20° environ 1,7% de sel neutre anhydre. Cette faible solubilité s'accorde avec l'observation de M. Friedel, qui a trouvé le triméthylacétate de zinc peu soluble dans l'eau. La solution préparée à froid fournit une belle cristallisation lamelleuse, lorsqu'on la laissse s'évaporer lentement à la température ordinaire. Les cristaux ainsi obtenus renferment probablement aussi 1 mol. d'eau; cependant, étant déssechés au-dessus de l'acide sulfurique à la température ordinaire, ils ont été trouvés anhydres.

0,3180 gr. de sel ainsi desséché ont donné 0,0975 gr. de l'oxyde de Zn.

En centièmes:

	Expérience.	Théorie pour $(C_5 H_9 O_2)_2$ Zn.
Zn =	24,60	24,42

Le triméthylacétate de zinc se dissout assez bien dans l'alcool et cristallise par l'évaporation spontanée sous l'aspect d'aiguilles réunies en faisceaux et très semblables à celles du triméthylacétate de cadmium cristalisé au sein d'une solution aqueuse.

Le sel de zinc se décompose lorsqu'on chauffe sa dissolution aqueuse préparée à froid. Cette décomposition provoque un phénomène caractéristique: la liqueur se trouble et s'épaissit jusqu'au point de perdre sa mobilité, en déposant une masse translucide de sel basique; une certaine quantité d'acide devient libre en même temps: la solution chaude offre une réaction sensiblement acide, tandis que cette réaction est presque neutre dans une solution froide.

La solution, qui s'est épaissie par l'action de la chaleur, se liquéfie de nouveau lorsqu'on la refroidit, le sel déposé est alors redissout, et le liquide recouvre sa limpidité parfaite si l'expérience a été conduite de la manière à ne pas laisser se volatiliser l'acide devenu libre. Le dépôt du sel basique, étant séparé à la température élevée (à 100° environ) et desséché au-dessus de l'acide sulfurique, offre une poudre tendre et blanche, possédant un certain éclat nacré, qui trahit son état cristallin. La' composition de ce sel se rapproche jusqu'à un certain point de la formule $C_5 H_9 (Zn HO) O_2$.

0,1235 gr. de sel basique ont fourni 0,0495 gr. de ZnO.

En centièmes:

	Expérience.	Théorie pour la formule citée.
Zn =	32,16	35,51

Le *triméthylacétate de cadmium* a été préparé en saturant l'acide délayé dans l'eau par du carbonate de cadmium. Le sel est beaucoup plus soluble dans l'eau que le sel de zinc et se dépose pas l'évaporation spontanée en aiguilles réunies en faisceaux.

Sels de plomb. Outre le sel neutre $(C_5 H_9 O_2)_2$ Pb, il existe un composé *acide* et des sels basiques. Le sel *neutre* s'obtient par double décomposition sous la forme du précipité. Ce précipité est blanc, volumineux, se mouillant difficilement par l'eau et n'offrant pas de structure cristalline manifeste si les solutions mélangées ont été froides et concentrées. En mélangeant des solutions assez étendues et chaudes et en y ajoutant un peu d'acide triméthylacétique, on peut s'arranger de la manière à n'obtenir immédiatement aucun précipité; le sel vient cristalliser alors après un certain temps. On l'obtient aussi à l'état cristallisé, en faisant évaporer dans le vide ses solutions préparées à froid par l'agitation du sel précipité avec une grande quantité d'eau. Le trimétylacétate neutre de plomb forme de petits prismes raccourcis assez transparents; ils sont anhydres après avoir été desséchés au-dessus de l'acide sulfurique. Le sel précipité paraît offrir la même composition.

1) 0,4665 gr. de sel cristallisé humecté par de l'acide nitrique et soumis à la calcination ont fourni 0,2545 gr. d'oxyde de plomb.

2) 0,3190 gr. de sel précipité non cristallisé ont donné 0,1700 gr. d'oxyde de plomb.

En centièmes:

	Expériences.		Théorie pour la formule $(C_5 H_6 O_2)$ Pb.
	1.	2.	
Pb =	50,67	49,46	50,61

Le triméthylacétate neutre de plomb est assez soluble à chaud dans l'iodure d'éthyle, qui n'a aucune action sur lui à sa température d'ébullition, mais qui réagit lentement à + 100°. Par l'évaporation spontanée de cette dissolution le sel se dépose en une masse confuse de petites aiguilles. — L'alcool et l'éther dissolvent aussi le sel, quoique difficilement; on l'obtient par l'évaporation de ces dissolutions sous la forme d'aiguilles assez longues et soyeuses. Les cristaux formés au sein de la dissolution alcoolique deviennent mats à l'air; ils contiennent probablement de l'alcool.

Tout en dissolvant une partie du sel, l'eau froide décompose une autre partie, et l'on obtient toujours un résidu blanc pulvérulent de sel basique. La dissolution complète n'est possible que lorsqu'on ajoute une certaine quantité d'acide, et les solutions du sel neutre pré-parées à froid offrent toujours une réaction acide faible. La décomposition devient plus no-table à la température élevée, de sorte qu'en évaporant au bain-marie une solution de sel neutre préparée à froid, on obtient non des cristaux de ce sel, mais des pellicules cristallines de sel basique. On voit aussi de pareilles pellicules se déposer sur les parois, dès qu'on porte à l'ébullition une solution aqueuse du sel neutre. La composition du sel basique ob-tenu à froid ou par l'évaporation à + 100° se rapproche sensiblement de la formule $C_5 H_9 (Pb HO) O_2 + 2 [(C_9 H_5 O_2)_2 Pb]$.

1) 0,0375 gr. de résidu blanc, obtenu par l'agitation du précipité de sel neutre avec de l'eau froide et desséché à l'air libre à la température ordinaire, ont donné 0,0220 gr. d'oxyde de plomb.

2) 0,4280 gr. de substance obtenue par l'évaporation à 100° et desséchée à la tempé-rature ordinaire au-dessus de l'acide sulfurique ont fourni 0,2995 gr. d'oxyde de plomb.

En centièmes:

	Expériences.		Théorie pour la formule citée.
	1.	2.	
Pb =	54,40	55,09	54,33

La poudre blanche, qui ne se mouille que très difficilement par l'eau et qui reste quand'on fait bouillir le sel neutre avec une grande quantité d'eau, présente des sels basiques renfermant encore beaucoup plus de métal. On y a trouvé 69,19% de Pb, tandis que la formule $C_5 H_9 (Pb.HO)O_2$ exige 63,70% Pb et la formule $(C_5 H_9 O_2)_2 (Pb_2O)$ correspond à 65,50% Pb.

Le triméthylacétate neutre de plomb cristallisé dégage peu à peu son acide, lorsqu'on le chauffe à 100°, et les cristaux perdent leur éclat. Étant chauffé plus fortement il fond d'abord et se décompose ensuite, en laissant de l'oxyde de plomb et en donnant un sublimé tendre et blanc, pareil et probablement identique à celui, qu'on obtient avec des sels de magnésium et de calcium.

Le composé plombique acide se forme, lorsqu'on chauffe l'acide avec de l'eau et avec une petite quantité d'oxyde de plomb, ou bien avec un peu de sel neutre ou de sel basique. Les phénomènes qu'on y observe sont assez caractéristiques: les gouttes huileuses surnageantes de l'acide perdent leur limpidité et se transforment en huile lourde qui tombe au fond et qui se solidifie par le refroidissement. La solution ainsi obtenue (elle ne doit pas contenir un trop grand excès d'acide) se trouble en refroidissant et s'éclaircit plus tard en déposant de longues aiguilles soyeuses blanches du composé nouveau. En ajoutant peu à peu de nouvelles quantités d'oxyde de plomb, de sel neutre ou de sel basique, on parvient à transformer l'huile lourde mentionnée plus haut en une substance solide, tandis que la solution, tout en renfermant encore le composé acide, acquiert la capacité de le déposer en cristaux sans se troubler préalablement. Par l'addition ultérieure de ces mêmes substances ou même d'une forte quantité d'eau, la solution perd la capacité de cristalliser par le refroidissement; elle paraît contenir alors du sel neutre. L'addition de l'acide provoque de nouveau la formation du composé acide caractéristique. Les cristaux de ce composé, étant placés au-dessus de l'acide sulfurique à la température ordinaire, s'agglomèrent en une masse enchevétrée, en changeant d'aspect et laissent dégager une certaine quantité d'acide; desséchés rapidement à l'air libre ces cristaux offrent la composition correspondante à la formule

$$(C_5 H_9 O_2)Pb + C_5 H_{10} O_2 = \begin{matrix} C_5 H_9 O {\large >} O \\ C_5 H_9 {\large <} {\begin{matrix} OH \\ O \end{matrix}} \\ C_5 H_9 O - O {\large >} Pb. \end{matrix}$$

0,4680 gr. de composé acide ont donné 0,2030 gr. d'oxyde de plomb.

En centièmes:

	Expérience.	Théorie pour la formule citée.
Pb =	40,25	40,50

L'acide préparé par l'oxydation de la pinacoline a aussi été soumis aux épreuves par rapport à la formation des sels de plomb neutre et basique et du composé acide qui vient d'être décrit. Cet acide a offert les mêmes phénomènes que l'acide triméthylacétique préparé par la voie de synthèse.

Le *triméthylacétate d'argent* $C_5H_9AgO_2$, que j'ai déjà décrit brièvement dans une de mes communications précédentes, ressemble beaucoup, à son état précipité, au sel neutre de plomb pris en même état: leurs précipités sont extrêmement volumineux; l'eau ne les mouille que difficilement. Les cristaux du sel d'argent obtenu par une cristallisation lente, telle qui a lieu, par exemple, lors de l'évaporation spontanée de la solution aqueuse — sont assez ressemblants aux cristaux de l'acétate d'argent. Le sel argentique est plus soluble dans l'alcool que dans l'eau, surtout à chaud, et se dépose par le refroidissement de cette solution en fines aiguilles peu-brillantes blanches courtes et réunies en faisceaux. On n'obtient pas du sublimé cristallin lorsqu'on chauffe le triméthylacétate d'argent jusqu'à la décomposition.

Le *triméthylacétate de protoxyde de mercure* s'obtient par double décomposition sous la forme d'un précipité blanc. Il est peu soluble et devient grisâtre lorsqu'on le fait bouillir avec de l'eau; il se décompose alors probablement en partie en sel d'oxyde et en métal. Au sein de la solution aqueuse saturée à la température d'ébullition, le sel de protoxyde se dépose par le refroidissement en petites et fines aiguilles blanches douées d'un certain éclat nacré et réunies en touffes semblables à la mousse.

Le *triméthylacétate d'oxyde de mercure* est beaucoup plus soluble dans l'eau que le sel de protoxyde: on n'obtient pas de précipité en mélangeant des solutions moyennement concentrées du sublimé corrosif et du triméthylacétate de sodium. On a préparé le sel d'oxyde de mercure en chauffant cet oxyde avec de l'acide triméthylacétique délayé dans l'eau. La solution dépose par le refroidissement des aiguilles blanches plates et brillantes rappellant celles de l'acétate d'argent.

Le *triméthylacétate d'oxyde de cuivre* s'obtient par double décomposition sous la forme d'un précipité pulvérulent d'une couleur bleu-verdâtre extrêmement vive (couleur-turquoise). Ce précipité est presqu'insoluble dans l'eau qui ne le mouille que difficilement. L'alcool chaud le dissout aisément et, par l'évaporation spontanée de cette dissolution verte-foncée, on obtient le sel sous la forme de grands prismes d'un vert presque noir. Ces cristaux s'effleurissent rapidement à l'air et deviennent bleux-verdâtres. — M. Friedel a trouvé les mêmes propriétés au sel cuivrique de l'acide obtenu par l'oxydation de la pinacoline; le sel précipité offre, d'après ses observations, la composition $(C_5H_9O_2)_2Cu + H_2O$, tandis que le sel cristallisé en solution alcoolique paraît contenir de l'alcool et correspondre à la formule $2[(C_5H_9O_2)_2Cu + H_2O] + + C_2H_6O$.

En chauffant le sel cuivrique sec on le voit se décomposer en laissant du cuivre et en formant le duvet d'un sublimé blanc extrêmement tendre. Cette même observation a été aussi faite par M. Friedel. Le sublimé en question se dissout aisément dans l'eau et ne contient presque pas dè cuivre. Ce n'est pas du sel cuivreux, comme on pourrait le penser, mais plutôt la substance identique à celle qu'on a mentionnée plus haut et qui se produit lors de la décomposition de quelques autres triméthylacétates par la chaleur.

                                M. A. Boutlerow,

Les triméthylacétates de fer sont des précipités insolubles. Le précipité obtenu au moyen d'un triméthylacétate alcalin et du sesquichlorure de fer possède une couleur jaune-rougeâtre, tandis que avec le sulfate de protoxyde de fer on obtient un précipité blanc qui change bientôt de couleur en s'oxydant en sel de l'oxyde.

Du nombre des *éthers composés de l'acide triméthylacétique* ont été préparés l'éther *méthylique*, l'éther *éthylique* et l'éther du *triméthylcarbinol*, dont le dernier est le représentant le plus simple des éthers composés d'un alcool tertiaire et d'un acide renfermant aussi un radical alcoolique tertiaire.

Les deux premiers éthers ont été obtenus en chauffant à 100° dans des tubes scellés de l'iodure de méthyle et de l'iodure d'éthyle avec du triméthylacétate de plomb sec non-cristallisé. On a éloigné les traces des iodures en distillant les produits sur un peu de trimé-thylacétate d'argent. Ces éthers sont des liquides incolores légers ayant chacun une odeur particulière aromatique; ils restent liquides à — 20°.

Le triméthylacétate de méthyle bout environ à 100°—102°.

Le triméthylacétate d'éthyle bout environ à 118°,5 sous la pression de 760 mm. toute la colonne mercurielle étant plongée dans la vapeur; sa densité a été trouvée à 0° = 0,875. (Poids d'eau = 2,4770; poids du même volume de l'éther = 2,1685). Ces observations s'accordent parfaitement avec celles de M. Friedel: il a trouvé 118°,5 comme point d'ébullition de l'éther éthylique de son acide; la densité à 0° = 0,8773 et la densité à + 20° = 0,8535.

Le triméthylacétate de butyle tertiaire

$$C_9 H_{18} O_2 = CO \begin{matrix} C(CH_3)_3 \\ \\ C(CH_3)_3 \end{matrix} > 0$$

a été préparé par l'action de l'iodure butylique tertiaire sur le triméthylacétate d'argent sec. La réaction entre ces deux substances s'accomplit immédiatement; elle est très énergique et accompagnée d'un dégagement de chaleur et d'une certaine quantité d'isobutylène. Pour rendre l'action plus calme, on a dû faire intervenir de l'éther sulfurique sec et de n'ajouter l'iodure au sel que peu à peu, en refroidissant la fiole. Après avoir ajouté toute la quantité d'iodure et ayant adapté la fiole au bout inférieur d'un réfrigérant, on a chauffé le mélange pendant quelque temps au bain-marie; l'éther sulfurique a été chassé ensuite et le résidu soumis à la distillation dans un bain de paraffine. Le liquide ainsi obtenu renferme, outre les reste de l'éther sulfurique, une proportion notable de l'acide triméthylacétique libre. Au moyen de quelques rectifications fractionnées, on a isolé la portion bouillant de 130° jusqu'à 150°, et on l'a traitée à chaud par de l'eau de baryte ou bien par la lessive aqueuse de potasse caustique. L'acide libre étant ainsi éloigné, on a lavé à l'eau l'éther composé et on l'a soumis à des distillations fractionnées après l'avoir desséché sur du chlorure de calcium. La portion principale de la substance recueillie à 134°—135° (toute la colonne de mercure plongée dans la vapeur) présente l'éther composé assez pur. Son analyse a conduit aux résultats suivants:

0,2475 gr. de substance, étant brûlés avec de l'oxyde de cuivre, avec le concours de l'oxygène vers la fin de l'opération — ont donné 0,6235 gr. l'acide carbonique et 0,2600 gr. d'eau.

En centièmes:

	Expérience.	Théorie pour la formule $C_5 H_{12} O_2$.
C =	68,70	68,35
H =	11,67	11,39

Cet éther est un liquide incolore insoluble dans l'eau et moins dense qu'elle, son odeur particulière aromatique est faible. L'éther conserve son état liquide à — 20°. L'eau de baryte et la lessive aqueuse très concentrée de potasse ne l'attaquent pas à 100°, même lorsqu'on chauffe pendant plusieurs heures. La lessive alcoolique de potasse et l'acide iodhydrique concentré le décomposent au contraire facilement, en produisant du triméthylacétate de potasse et du triméthylcarbinol [1]) ou bien de l'acide triméthylacétique libre et de l'iodure butulique tertiaire. Dans tous les deux cas l'acide a été isolé et l'iodure transformé en triméthylcarbinol au moyen de l'oxyde d'argent et de l'eau.

La facilité avec laquelle les alcools tertiaires perdent les éléments d'eau m'a suggéré la pensée de traiter à 100° l'éther composé en question par de l'anhydride phosphorique. L'éther s'est transformé en effet en un liquide que je n'ai pas étudié, mais qui résiste à l'action de la lessive alcoolique de potasse ainsi qu'à celle de l'acide iodhydrique.

Non-seulement l'éther composé, que je viens de décrire et qui dérive d'un acide et d'un alcool tous les deux solides à la température ordinaire, présente un liquide, mais le mélange de l'acide triméthylacétique et du triméthylcarbinol en quantités équivalentes est liquide aussi. On a employé pour l'expérience de l'acide solide presque pur et du triméthylcarbinol qui, tout en restant liquide à la température ordinaire, se prenait rapidement en une masse cristalline, dès qu'on le refroidissait un peu. La dissolution de l'acide dans l'alcool s'est effectuée lentement avec un certain abaissement de température, et le mélange obtenu a conservé son état liquide même lorsqu'on le refroidit.

Le *chlorure de triméthylacétyle* $C_5 H_9 O Cl = \dfrac{C(CH_3)_3}{CO \cdot Cl}$ a été préparé en ajoutant d'abord peu à peu 1 mol. de perchlorure de phosphore à 1 mol. d'acide triméthylacétique et en traitant ensuite le liquide obtenu (mélange de $C_5 H_9 O Cl$ et $POCl_3$) par 2 mol. du triméthylacétate de potasse sec pulvérisé. En chauffant le mélange dans un bain de paraffine, on obtint environ 65 gr. du produit brut, en partant de 60 gr. de l'acide employé à l'état

---

1) On reconnaît la présence de ce corps en traitant à froid son mélange avec l'alcool éthylique par de l'acide iodhydrique concentré. Le triméthylcarbinol se transforme alors en iodure, qu'on précipite par l'eau.

libre et sous la forme du sel de potassium. On a distillé ce produit au-dessus d'une certaine quantité de sel de potassium et on l'a soumis après à des destillations fractionnées. Le produits se divise ainsi facilement en deux portions dont une, passant à la distillation entre 106° et 195°, est un mélange du chlorure et de l'anhydride, tandis que l'autre bout à 105°—106° (toute la colonne de mercure dans la vapeur) et présente du chlorure de triméthylacétate suffisamment pur.[1]) On obtient environ 8—10 volumes de cette dernière substance sur un volume du mélange au point d'ébullition plus élevé.

0,4125 gr. de chlorure, étant décomposé par de l'éthylate de sodium et traité par de l'azotate d'argent — ont fourni 0,4910 gr. de chlorure d'argent.

En centièmes:

	Expérience.	Théorie pour $C_5 H_9 O Cl$.
Cl =	29,44	29,46

Le chlorure de triméthylacétyle est un liquide incolore moins dense que l'eau, par laquelle il n'est décomposé que lentement. L'odeur du chlorure est faible mais piquante; sa vapeur irrite fortement les yeux.

L'*anhydride triméthylacétique* a été obtenu en chauffant à 150°, dans des tubes scellés, pendant quelques heures, la portion au point d'ébullition 106°—195°, provenant de la préparation du chlorure, avec un excès de triméthylacétate de potassium. Les sels se sont dissouts lorsqu'on a ajouté de l'eau au mélange, et l'huile surnageante a été desséchée et distillée. On a recueilli le produit entre 180° et 194°; sa plus grande partie a passé vers 190°. L'anhydride triméthylacétique est une huile incolore moins dense que l'eau, elle a une odeur particulière faible n'offrant rien de piquant et reste liquide à — 20°. L'eau ne paraît exercer à la température ordinaire aucune réaction sur lui; la lessive aqueuse faible de potasse caustique n'agit que difficilement, mais avec une lessive concentrée une forte réaction se produit dès qu'on chauffe un peu: l'huile se dissout et l'addition de l'acide sulfurique ou de l'acide chlorhydrique à cette dissolution sépare l'acide triméthylacétique qui s'est formé. L'ammoniaque aqueux agit lentement sur l'anhydride; avec de l'ammoniaque alcoolique la réaction et très énergique et la liqueur se remplit, en se refroidissant, des cristaux du

Triméthylacétamide $C_5 H_{11} ON = \dfrac{C(CH_3)_3}{CO \cdot H_2 N}$. Par le refroidissement de la solution alcoolique concentrée on obtient l'amide sous la forme de lamelles blanches brillantes; une solution moins concentrée le dépose, en s'évaporant spontanément, en grandes tablettes rectangulaires transparentes. L'amide se dissout aussi facilement dans l'eau, surtout à chaud (en se transformant peut-être en partie en sel d'ammoniaque) et se dépose par le

---

[1]) La coïncidence qui existe entre les points d'ébullition des chlorures acides et des acétones qu'ils fournissent, en échangeant leur atome de chlore contre le méthyle, est digne d'être remarquée. Cette coïncidence a au moins lieu pour le chlorure d'acétyle et pour le chlorure de triméthylacétyle (v. ma notice sur la pinacoline).

refroidissement en petites aiguilles blanches. Étant chauffé avec de l'anhydride phosphorique, l'amide se transforme en nitrile, qu'on reconnaît à son odeur et à la capacité de se transformer en acide triméthylacétique, lorsqu'on le chauffe avec de l'acide chlorhydrique fumant.

On voit, que l'acide triméthylacétique et l'acide «privalique» ont été trouvés semblables sous tous les rapports, de sorte qu'il ne reste aucun doute sur leur identité. La substance se forme donc aussi bien par l'oxydation de la pinacoline, qu'en fixant le groupe carboxylique sur le butyle tertiaire.

La capacité de plusieurs triméthylacétates de laisser dégager facilement une certaine quantité de leur acide, rappelle la manière dont se comporte l'acide *améthenique*, que M. Schneider a obtenu par l'oxydation du diamylène. M. Schneider a cru pouvoir attribuer à cet acide une structure particulière et admettre — de même que M. Friedel l'a fait d'abord pour son acide pivalique — que malgré les propriétés acides de la substance la molécule ne renferme pas de groupe carboxylique. Je crois pouvoir exprimer la supposition, que le groupe carboxylique est présent dans l'acide améthenique aussi bien que dans l'acide de M. Friedel, comme je l'ai prouvé maintenant, et que l'acide améthenique est un des analogues de l'acide triméthylacétique — celui, dont la structure est exprimée par la formule

$$C \begin{cases} CH(CH_3)_2 \\ CH_3 \\ CH_3 \end{cases} \quad = C_7H_{14}O_2$$
$$CO.HO$$

c'est-à-dire — l'acide renfermant le radical alcoolique tertiaire du diméthyl-pseudopropyl-carbinol de M. Prianichnikow. Les expériences propres à trancher cette question sont déjà en voie d'exécution dans mon laboratoire, et si la supposition, que je viens d'exprimer, était trouvée conforme à la réalité, il serait alors plus que probable, que le corps $C_{10}H_{20}O$, qui se produit en premier lieu par l'oxydation du diamylène, est un acétone, dont

la structure est représentée par la formule $CO \begin{cases} C \begin{cases} CH(CH_3)_2 \\ (CH_3)_2 \end{cases} \\ CH(CH_3)_2 \end{cases}$. — Une telle structure explique-

rait parfaitement la formation de l'acide acétique, qui, ensemble avec de l'acide améthenique, est un produit constant de l'oxydation du diamylène. — La connaissance de la nature de ces substances et d'autres composés analogues aurait pu contribuer largement à éclaircir la question qui m'occupe — celle, sur le mécanisme de la condensation des hydrocarbures de la série éthylénique.

St.-Pétersbourg, le 5 (17) avril 1874.